O CLUBE DOS LIVROS ESQUECIDOS

FÁBIO MONTEIRO

O CLUBE DOS LIVROS ESQUECIDOS

ilustrações de ELMA

© EDITORA DO BRASIL S.A., 2015
TODOS OS DIREITOS RESERVADOS
Texto © FÁBIO MONTEIRO
Ilustrações © ELMA

Direção-geral: VICENTE TORTAMANO AVANSO
Direção adjunta: MARIA LUCIA KERR CAVALCANTE DE QUEIROZ

Direção editorial: CIBELE MENDES CURTO SANTOS
Gerência editorial: FELIPE RAMOS POLETTI
Supervisão de arte e editoração: ADELAIDE CAROLINA CERUTTI
Supervisão de controle de processos editoriais: MARTA DIAS PORTERO
Supervisão de direitos autorais: MARILISA BERTOLONE MENDES
Supervisão de revisão: DORA HELENA FERES

Coordenação editorial: GILSANDRO VIEIRA SALES
Assistência editorial: PAULO FUZINELLI
Auxílio editorial: ALINE SÁ MARTINS
Coordenação de arte: MARIA APARECIDA ALVES
Produção de arte: OBÁ EDITORIAL
  Edição: MAYARA MENEZES DO MOINHO
  Projeto gráfico e editoração eletrônica: CAROL OHASHI
Coordenação de revisão: OTACILIO PALARETI
Revisão: EQUIPE EBSA
Coordenação de produção CPE: LEILA P. JUNGSTEDT
Controle de processos editoriais: EQUIPE CPE

Dados Internacionais de Catalogação na Publicação (CIP)
(Câmara Brasileira do Livro, SP, Brasil)

> Monteiro, Fábio
> O clube dos livros esquecidos / Fábio Monteiro; ilustrações
> de Elma. 1.ed. – São Paulo: Editora do Brasil, 2015.
> – (Série todaprosa)
>   ISBN 978-85-10-05800-1 (Versão mercado)
> 1. Imaginação 2. Literatura Juvenil I. Elma.
> II. Título. III. Série.
>
> 15-00980   CDD-028.5

Índice para catálogo sistemático:
1. Literatura juvenil   028.5

1ª edição / 9ª impressão, 2025
Impresso na Gráfica Elyon

Avenida das Nações Unidas, 12901
Torre Oeste, 20º andar
São Paulo, SP – CEP: 04578-910
Fone: + 55 11 3226-0211
www.editoradobrasil.com.br

**PARA ANDRÉ SOUZA DA SILVA E
SUA SINGULARIDADE EM SER GENTE.**

PREFÁCIO

    Nunca escolhi livros apenas por suas capas, e acho que isso tem a ver com minha forma de perceber as pessoas; preciso conhecer um pouco da história, do conteúdo, de suas marcas e das experiências vindas nesse encontro.

    Livros são diferentes de gentes; dá pra guardar pra sempre, dá pra consultar quando quiser, dá pra conversar no frio e no calor, dá pra chorar sem vergonha, dá pra rir sozinho e até dormir no meio do diálogo e ele não fica bravo.

    Gentes... Não.

    Guardamos os livros em caixas da nossa memória que possibilitam, por meio de um recuo racional, o contato com as histórias deles. Como se fossem crianças disponíveis para brincar.

    Livros e gentes, gentes e livros!

    Gentes não. Gentes são muitas, e quando encontramos nesse plural o singular dessa palavra, gente, são como livros: confiáveis nas suas interlocuções, na beleza de suas palavras, no afeto das suas cores e sentidos; na disponibilidade em ajudar, em servir na essência da palavra; em ser, sem o aguardo da recompensa.

    Por isso, sejamos "gente" e "livros".

O autor

QUALQUER HISTÓRIA COMEÇA

miúda. Pequenina, vai crescendo e tomando corpo feito lagarta. Estica, encolhe, anda com patinhas em sincronia, desenha formas diversas, percorre ambientes, embarca em sonhos, acorda em realidades, envolve o leitor. Toda história, um dia, foi carrapato, gruda na gente e vira companheira; na hora do lanche, antes de dormir, depois de brincar, no meio do caminho, de um lugar para o outro. E, quando não se está fazendo algo importante, ou quando a história ganha tanta importância que se esquece do tempo, serve para driblar os problemas e brincar com nossa imaginação, não deixa lembrar nem da hora de comer.

Uma boa história envolve a gente, e por isso queremos contar para todo mundo, mesmo que seja apenas um pouco dela. Daí, miúda, vai ganhando espaço nos ouvidos dos outros, tomando formas nas bocas alheias, conta para um que conta para o outro, até mudar as formas e cores de tudo, de uma para outra versão de uma só vez.

Tem gente até que pega ela pelo meio e, no desenrolar dessa história, dá outros finais. E outros começam do jeito mais errado para no final terminar como sempre terminam as grandes histórias... Com um ponto final.

História boa é quando tem final feliz, mas eu conheço muitas outras que têm os finais tristes mais lindos que já li. Gosto das histórias alegres e das tristes também, dependendo da minha emoção. Quando estou eufórica, gosto das mais melancólicas, quando mais sentimental, quero as histórias que me joguem para cima e me façam sorrir.

Por isso, não perco a oportunidade de estar nos grandes encontros de quinta-feira na nossa biblioteca, as reuniões do **Clube dos Livros Esquecidos**, formado por pessoas que, assim como eu, adoram compartilhar leituras. Lá falamos um pouco de tudo, inclusive dos livros, não vou mentir. E, quando mal pressentimos, o nosso encontro termina e o dia inicia numa vagareza tão dele, que nem dá vontade de arrumar a mala com o material escolar. Acho que as histórias deixam a gente com a cabeça pesada, mas não é um pesado de ruim, é um pesado de pensamentos bons... é o peso das imaginações.

Eles entram, todos de uma vez, numa balbúrdia que mal consigo orientá-los sobre os lugares em que podem sentar para início da nossa reunião. Nossa biblioteca é apertadíssima, mal cabe nosso clube. E quando estamos agitados é um grande prejuízo para que o começo dos nossos encontros seja proveitoso. Pego meu sino, toco duas vezes e, como já estabelecemos esse código há muito tempo, rapidamente as falas perdem o tom mais exaltado e caminham para o silêncio total. Nossas becas nas cadeiras improvisadas dão o tom oficial da abertura solene, e quando as vestimos, tornamos aquele lugar, com estantes e livros diversos, o espaço para compartilharmos nossas leituras mais incríveis.

Nossas reuniões são pensadas a cada semana e acontecem sempre com a presença de todos os membros do clube. Nelas trazemos livros esquecidos pelos outros, nelas relembramos histórias que não podemos esquecer jamais.

– O QUE VAMOS LER HOJE?

Cada um puxa um livro na bolsa e a brincadeira começa com uma defesa digna do Supremo Tribunal Federal. Nem sei muito bem o que julgam por lá, mas escutei meu pai falar um dia sobre ele num tom que deu até desespero: "Supremo Tribunal Federal, agora eles irão ver". Minha mãe não acreditou, balançou a cabeça como que reprovando as palavras dele, irritando-o ainda mais, que em contrapartida atacou com uma força ainda maior. "Você irá engolir seu pessimismo", dobrando o jornal e resmungando consigo mesmo.

Congela: *pessimismo* era uma palavra mais conhecida por mim que "Supremo Tribunal Federal". Não só sabia do seu significado como, muitas vezes, sendo quase adolescente, não era raro que eu agisse na reafirmação desse sentido. Dizia-me pessimista só porque não hesitava em não acreditar, e não só acreditar, afirmar no momento de maior animação de todos: "Não vamos à praia, vai chover", "Meu vestido será o pior da festa", "Não vou estudar, minha nota será baixa de qualquer jeito", "Sou a menor de todas as meninas", "Lavo pouco o cabelo, senão ele vai cair", "Pareço uma asiática, acho que não sou filha dos meus pais". Descongela: "Supremo Tribunal Federal" era lugar novo para mim, porém dava sensação de que, só pelo fato de pronunciar isso, eu tinha conseguido falar algo muito importante, ou até mesmo a mais importante entre todas as coisas que um dia eu já tinha dito.

– O que vamos ler?

Um pequeno tumulto inicial até uma organização definitiva de quem iria começar primeiro. Na ordem: Fê, Mau, Pel, Mel, Joaquim e Cacau, sem alterações. Os livros ficavam sobre a bancada para o início da solenidade, com suas capas viradas para a direção oposta à de seus donos. Era um momento de surpresa, mas que não impedia a apreciação da beleza de cada uma daquelas obras literárias. Tantas letras e diferentes formatos, tantas cores e diferentes texturas, tantos tamanhos e diferentes temas.

Claro que, na sequência, cada um passaria a defender a sua leitura do final de semana anterior ao encontro, mas, sabe, acho que foi numa dessas reuniões que descobrimos a palavra *generosidade* e, sem saber ao certo o que ela

poderia nos proporcionar, passamos a fazer escolhas sendo generosos com as indicações uns dos outros. Daí, nosso tribunal funcionava de uma maneira justa, pois líamos coletivamente o livro mais votado, e os outros, deixávamos para as outras semanas, por ordem dos votos distribuídos, e ao finalizarmos a última leitura, voltávamos a mais uma seleção de obras que chegavam aos nossos encontros. Isso era algo que nunca chegaria ao fim... Assim esperávamos.

Então chega o momento mais esperado: a apresentação dos livros da semana. Uma capa laranja com fios dourados bordados à mão; outra feita de papel reciclado tão fino, que permitia ver o título original na contracapa; mais uma com papel que acendia quando a claridade o iluminava; outra, a menor de todas, com adornos pintados com guache aguado retocado por nanquim, e uma penúltima, completamente preta com riscos prateados. E a última... "Esperem", olhavam-se surpresos à espera de uma justificativa plausível do Fê. Ele era o único que não havia apresentado o seu exemplar, falta imperdoável para aqueles encontros.

Num primeiro momento ele engasgou, faltou fôlego para uma desculpa mais crível para aquele empecilho, para aquela falta injustificável, para aquela atitude irresponsável, todos presumiam antes mesmo de qualquer tentativa inválida de justificação. Angústia, suor nas mãos, uma palidez contrastante, a vermelhidão de Cacau que inquiria em silêncio: "Fala logo o seu descompromisso". Fê respirou profundamente mais uma vez, o ar oxigenou um pouco mais seu cérebro e, com uma voz suprimida pela vergonha, foi sutil ao dizer:

– Dormi na casa do meu pai. Lá, só livro de adultos.

Um silêncio pairou sobre todos. Era quase inconcebível uma casa que não tivesse um ou dois exemplares de um livro ilustrado, ou mesmo uma adaptação de um clássico. Geralmente, todo mundo tinha um irmão mais novo, sei lá. Como se estivesse lendo as questões escondidas em cada cabeça, Fê disse em lágrimas:

– Sou filho sozinho, não tenho irmãos.

A tristeza do Fê foi sentida um pouco em cada um, mesmo naqueles que tinham muitos irmãos. Como era ser único? Sem dividir brinquedos ou chocolates? Sem ter de dividir a atenção ou as broncas dos pais? A tristeza dele foi acolhida por todo o grupo. Nem Cacau resistiu, foi perdendo a cor, perdendo a cor, até retornar aos poucos a um estado próximo ao natural. Mesmo assim não desperdiçou a oportunidade de insistir:

– Nenhunzinho sequer? – disse, ainda com as bochechas róseas.

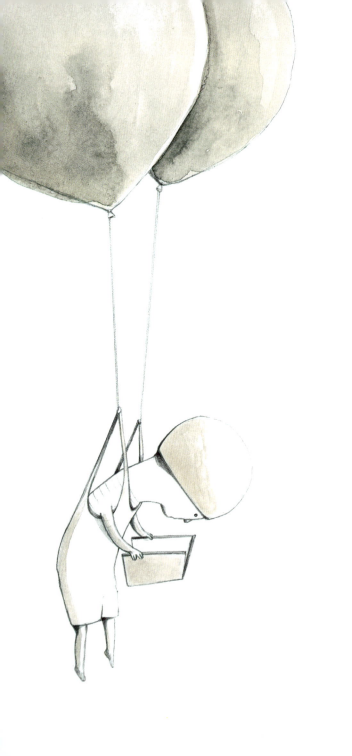

– Nem mais velho que eu – Fê respondeu, enxugando as poucas lágrimas que restavam.

Isso nunca tinha acontecido no Clube dos Livros, eram seis votos para a escolha de cinco livros, um grande problema, uma espécie de desconforto no grupo, uma sensação de que dessa vez o resultado final poderia ser injusto. Nós nos olhávamos, faltavam ideias. Não queríamos correr o risco de fazer escolhas indesejadas, mal pensadas, a nossa marca era justamente o critério e a seriedade nessas leituras.

Várias propostas surgiram: a suspensão daquela sessão de leitura por mais uma semana, a perda do direito de voto do Fê, e até mesmo a substituição do livro faltante por um livro escolhido naquele momento na biblioteca. Mas essas propostas extremas também não eram justas e não atendiam à tradição do grupo. O bacana era a escolha de cada um deles posta à prova do grupo semanalmente. E também o Fê não poderia assumir a responsabilidade total pela ausência de livros infantis na casa do pai dele... Adiar o encontro, nem pensar. Todos, todos eles estavam aguardando ansiosos por aquele encontro. Foi quando a Mel fez uma proposta genial, a melhor de todas:

– Mantemos a votação e, no caso de empate, o voto do Fê será o voto de Minerva, ou seja, o voto do desempate.

O primeiro a abrir a reunião foi o Mau. Esse apelido, surgido da abreviação do seu verdadeiro nome, Maurício, defendia aquele garoto franzino dos garotos maiores da escola. Às vezes, ele fazia cara condizente só para amedrontar e de fato conseguia. Trouxe consigo um exemplar raro da série de livros do grande escritor J. J. Petron, famoso pelos contos de terror no final do século XX. Fez uma breve defesa do estilo e da história, narrada por uma menina que descobriu aos 10 anos que não tinha coração e sobrevivia só porque devorava os gatos que perambulavam na Rua 30, bem próximo do colégio onde estudava.

Quando ele mostrou a ilustração que abria a história, foi uma comoção total. O Fê, desesperado, colocou as mãos nos ouvidos e nem abria os olhos de tanto medo. A Mel e a Cacau gritaram unívocas: "Socorro!". Joaquim correu para baixo da mesa e rezou sem parar, e o Pel, esse corajoso, não perdeu tempo, tomou o livro das mãos do Mau e disse:

– Agora é minha vez. Você continua na reunião que acontece de dia. À noite as crianças ficam com mais medo – explicou como se fosse maior que os outros.

O Pel curtia um estilo mais aventureiro, com poucas nuances de esforço. Traduzindo: gostava de personagens fanfarrões, levando a vida com muito refri, tempo livre e chocolate pra valer. Foi logo dizendo:

– Tem pouco texto e as imagens não têm muito a ver com a história.

Era um livro de receitas literárias de sua tataravó por parte de pai. Ela tinha o hábito de registrar algumas invenções gastronômicas e, enquanto as comidas iam ao forno, desenhava ao lado coisas que vinham ao pensamento. Às vezes nada a ver com o prato que estava preparando, como o que ele mostrou: uma receita de maçã ao molho de pimenta que, ao lado, tinha o esboço de um dragão cuspindo fogo, e uma de torta de banana, que ao lado tinha um orangotango cantando num microfone.

Eles até curtiram a ideia, mas livro de receita é bacana quando se consegue fazer na prática para experimentação e aprovação dos quitutes. E na metade da explicação todos já estavam famintos e não conseguiam prestar a atenção necessária aos argumentos do Pel, que encerrou sua fala sem perguntar aos outros se entenderam. Sacou uma barra de cereais coberta de chocolate com amêndoas e a devorou todinha, sem oferecer para ninguém.

A Mel era uma menina muito comum, nada de exagerado, nem bonita nem feia, mas tinha mania de inverter a ordem dos verbos e já foi gritando:

– Posso eu?

Ouvi alguém dizer que ela tem problema de socialização, mas no grupo, tudo bem. Não era popular, e quando ficava nervosa gaguejava dando brecha para o riso geral. Por isso, sempre pediam que fosse com calma ao assunto, uma palavra por vez. Daí ela desistia, fazia charme e no fim fazia tudo ao contrário do combinado inicial. "Posso eu?", "Posso eu?", "Posso eu?" Não hesitava em insistir até ganhar a vez para a defesa do seu achado.

– Posso eu?

Ela tropeçou em uma ou duas palavras, mas quando tomou gosto fez bonito:

– É um livro para ser comido.

Como se já não bastassem as receitas impossíveis de realizar do Pel no meio daqueles livros empoeirados, a Mel soltou essa, como se livro pudesse ser comido. Ela retomou a palavra pedindo só um instante, uma chance para poder argumentar e defendeu-se:

– O meu é de poesia que alimenta a alma e por isso tem de se comer – soltou, e com o olhar surpreso deles, voltou a dizer: – Hoje acordei metafórica.

Todos ficaram surpresos com aquela maneira dela falar, nunca tinham pensado desse modo sobre os livros que liam, mas, de fato, ela tinha alguma razão de argumentar daquela forma, afinal os livros alimentavam a imaginação, as brincadeiras e o tempo agradável de convivência daquele grupo.

Ela pediu uma pequena ajuda para iniciar sua exposição:

– Joaquim, diga um número!

E o número dito por ele foi 11, pretexto para a leitura de uma das poesias.

"Mar, tanta brisa, tanta água, tanta despedida,
Mar solitário de gente, tanta água, tanto azul, tanto
Vento que leva a saudade para o mar!"

Aquele ambiente narrado por Mel era tão encantador que nem o Mau resistiu em fazer alguns elogios, chacoalhou os cabelos revoltos e surpreendeu a todos com uma ou duas lágrimas nos olhos. Na verdade, todos ficaram sensíveis a tamanha beleza proporcionada pela leitura. Mel fechou o livro e convocou o próximo a apresentar-se para o grupo. Joaquim jogou os ombros para trás como se quisesse partir as costas ao meio, parecia um gato se espreguiçando, marcando com esse gesto o início de sua defesa da obra que havia escolhido, conseguindo assim que a atenção do grupo fosse recobrada para ele, já que todos ainda estavam sob o impacto da emoção dos versos declamados.

Joaquim era muito cauteloso ao expor os motivos de suas preferências literárias, gostava do ritual de pormenorizar todos os elementos e valorizar os aspectos

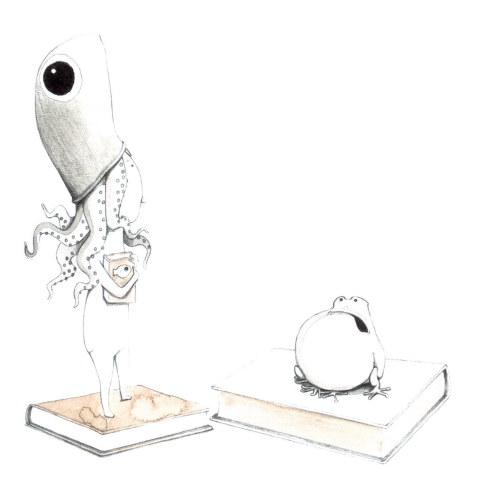

linguísticos do gênero escolhido. Era quase um diplomata, procurava se expressar com as melhores palavras, acho que até nem conhecia algumas delas, mas falava com uma propriedade que impressionava, com desenvoltura e segurança. O pai era advogado e a mãe tinha como profissão ajudar o filho a ser grande. Ensinava tudo: a pentear o cabelo para o lado esquerdo, a falar em público quando fosse convocado a expressar sua opinião, a arrumar a cama sempre que acordava, a organizar-se no dia anterior para cumprir as obrigações escolares, a ser bom filho, boa gente. Impecável.

Apesar de todos os cuidados racionais para dar conta das demandas do mundo terreno, Joaquim gostava mesmo era de extraterrestres e da vida do outro mundo. Falava de vida em Marte e seres verdes que habitavam Saturno, anéis dourados e entes feitos de partículas radioativas. Não sei se acreditávamos em tudo, mas partilhávamos com atenção todas as suas elucubrações sobre esses monstrengos e a vida nos planetas vizinhos.

Joaquim iniciou sua explanação sobre a *Menina Verde* com uma boneca de pano, escarrapachada, de tinta fresca, que a cada momento soltava um pouco da cor nas mãos, no rosto e no cabelo dele. Ele tinha ensaiado contar essa história para todos, mas aos poucos desmontava os seus planos porque sua transformação gradual em um ser verde enchia de risos a todos os seus espectadores que, inevitavelmente, perderam o foco da história contada para se divertirem com o atrapalho motor do contador. Nem ele conseguiu segurar o riso e, no intervalo entre uma frase e outra, soltou "Eu virei um marciano" e desistiu de prosseguir aquela narração.

Diante de todas essas situações, chegou a vez da Cacau, minha contadora de histórias predileta. Ela sempre vinha com uma roupa pensada para um grande evento. Naquele dia, um vestido azul com bandeiras coloridas de São João dava pistas de suas intenções. O furta-cor de sua roupa contrastava com seus cabelos pretos e crespos, e seu olhar de cor única dava a ela um tom radiante de felicidade. Era a mais velha de todos, mas tinha um sorriso tão pueril que, quando o abria, parecia que ela havia nascido há poucos instantes. Brincava com as palavras com uma facilidade tão grande, que elas dançavam na boca da menina como se fossem notas de uma música alegre. Era encantador vê-la pular de um lugar para outro, contorcendo o corpo para as muitas imitações que cada história exigia. Entregava-se à narrativa como uma profissional.

Iniciou sua história com a frase dos grandes clássicos literários:

– "Era uma vez...

Isso a fez retomar a atenção de todos para prosseguir sua história com tom calmo e com gestos comedidos.

– ...uma menina que tinha olhos de estrelas. Clara vivia num tempo só dela. Só com ela. Tinha uma tristeza só dela. Durante o dia, só dormia, acordava para os seus olhos clarearem a noite sem lua. Levantava as pálpebras e eles iluminavam o rio, sombreavam as árvores, davam cor às estradas, iluminavam a conversa dos bichos que arquitetavam entre folhas e arbustos seus planos de fuga dos caçadores. A luz que saía era tão forte que ela mesma não enxergava nenhuma cor, nada. Apenas os outros conseguiam ver algo com tamanha luminosidade. E quando olhavam para cima de todas as coisas que existiam, lá na indefinição de uma noite negra, no céu só viam dois pontos que acendiam e apagavam, aumentavam e diminuíam. Às vezes entristecida, a menina chorava por muitas horas, inundando rios, aguando as plantas da floresta fechada. E vários bichos se recolhiam para ver a chuvarada, e outros que brincavam num molha-molha, aproveitavam o refresco e nem percebiam direito a tristeza daquela menina".

Um som forte de batida de porta velha interrompeu a narração da história de Cacau. Vozes ao fundo davam sinais de que aquela biblioteca esquecida no tempo estava prestes a ser descoberta. As crianças suspenderam suas falas e rapidamente se esconderam entre os livros velhos e empoeirados. Fazia tempo que ninguém punha os pés naquele lugar. Rapidamente, olhei em volta para constatar se os livros estavam todos nas devidas prateleiras e, claro, se os membros daquele clube esquisito de livros esquecidos estavam seguros dos adultos que a qualquer instante invadiriam aquele lugar.

Um silêncio seco abateu-se sobre todos nós. Aquele era um clube de livros esquecidos, que acabara de ser delatado para as autoridades. O que fazer para sumir com todos os membros? E as obras escolhidas, como fazer para que os invasores não tivessem acesso a elas e as queimassem como fizeram em outros tempos, com outros livros? Batida mais forte, coração quase na boca, "não temos o que fazer, eles estão quase invadindo a biblioteca esquecida", o desespero estampado em todos os rostos, meu coração palpitando em descompasso a ponto de acreditar não ser possível encontrar uma solução. Uma solução, uma solução...

FORTE BATI-
DA NA PORTA.
MAIS UMA
VEZ, FORTE
BATIDA NA
PORTA E UMA
FALA ADOCI-
CADA E CO-
NHECIDA: FI-
LHA! VOCÊ
ACORDOU?
RECONHECI
AQUELE TOM

FORTE BATIDA NA PORTA. MAIS uma vez. Forte batida na porta e uma fala adocicada e conhecida.

– Filha! Você acordou?

Reconheci aquele tom de voz, era similar ao dos outros dias, mas não tinha certeza se era quem eu pensava, ou algum impostor querendo enganar os meus sentidos.

– Filha! Posso entrar? Hora da escola!

Fiquei embaixo da coberta até o abrir lento da porta e eu poder ver o balançar do vestido de minha mãe, que estava coberta de uma luz dourada que parecia fogo. Sentou-se próxima a mim, ajudou a tirar aquele peso de cobertores e almofadas que estavam no meu entorno e me presenteou com um beijo no rosto.

Meus amigos ficaram todos escondidos, olhando aquele movimento de entra e sai. Olhos atentos e disfarçando-se entre livros e brinquedos. Eles já tinham dito para mim que não me preocupasse, alguns adultos

tinham perdido a capacidade de enxergá-los e não mais conseguiam nem brincar com suas histórias, mas numa batalha nunca se sabe ao certo os poderes dos inimigos.

Vesti meu uniforme escolar e fui até a mesa para comer algo "que me daria força", promessa da minha mãe.

– Mãe, so... sou.. tão... difer... fe... dife... rente de voc... cê.

Acho que minha língua estava pesada após uma noite de pouco sono.

Minha mãe sempre entendia antes do fim tudo o que eu falava. Mas esperava dizer palavra por palavra para que ela pudesse responder.

– Flora... Somos iguaizinhas no coração e nos pensamentos.

Até desconfiei que ela conhecia todos os meus amigos do Clube dos Livros Esquecidos. Será que um dia na minha ausência ela tinha encontrado alguma pista? Ou, diferente do que eles me diziam, eles já haviam conversado com minha mãe? Era um mistério que eu não conseguiria facilmente descobrir. Tantas tarefas no dia: corre para a escola, assiste às aulas do dia, faz as tarefas de casa na sala de apoio, almoça, brinca de encolher e esticar os músculos, fala com os colegas por telefone, nada numa piscina grande, rodopia no balé, treina a fala no consultório...

Branco, dá branco. Estuda para as avaliações. Tantas coisas, tantas, que uma vida seria pouca para tudo. Dias cansativos e muitos amigos diferentes. Os da escola gostam de leituras tanto quanto eu, mas não dão tanta atenção para mim quanto os de casa. Pensam que não entendo o que entendem, eu só preciso de um tempo maior para imaginar coisas tão fantásticas quanto eles: bicicletas que voam, dragões encantados que viram príncipes, princesas que são verdadeiras bruxas malvadas e sapos que não parecem encantados, mas que recitam poesias com a imaginação. Às vezes, conto histórias nas quais todos eles estão juntos, daí brinco de confundi-los, misturando narrativas e personagens.

Muitas vezes fico sozinha e por isso brinco com meus pensamentos e sopro algumas dessas histórias para o vento.

Na escola, meus melhores amigos são a Ninah, que tem nome de dormir, e o João, que tem jeito de quem nunca dorme. Ele é parecido comigo, pensei até que fosse um primo distante – rosto arredondado feito o meu... olhos oblíquos e amendoados, feito os meus... mãos tão pequenas como as minhas. Já a Ninah, super diferente! Não é tímida como eu sou e canta músicas para mim e para o João que nunca tínhamos ouvido. Penso em chamá-la um dia para o Clube dos Livros Esquecidos (o João, não), mas preciso da autorização dos outros membros e, como são muito rigorosos, nem sei se conseguiria, são mundos muito diferentes. O João, não. Ele fala de outras coisas comigo, pega no meu cabelo sem autorização, meleca minha bochecha com seu beijo, põe a sua mão na minha, gosta mais de mim do que das histórias. Daí, minha mãe não deixaria ele entrar num quarto de uma menina com a minha idade, porque, segundo ela, o João não entenderia a decoração toda rosa, a dança solta das cortinas e contaria para todos da escola sobre as minhas inúmeras bonecas, para meu desagrado e vergonha.

Gosto do meu quarto porque nas noites mais longas a lua entra e conversa comigo. Chovem pétalas de flores douradas que se espalham por todo o chão e vejo gnomos, fadas e dragões que aparecem e somem de tempos em tempos. Meus amigos dormem por todos os lados, no calor e no frio, uns deitados nos livros, outros dentro deles. E o João também não compreenderia isso, principalmente a bagunça que fazemos nas quintas-feiras!

Não canso de organizar os encontros do Clube dos Livros Esquecidos. No silêncio da noite, longe dos adultos e das outras crianças da escola, é lá que imaginamos livros que nunca serão esquecidos por nós.

"Era uma menina como todas as outras e, com uma flor de lótus na mão, caminhava para ver uma chuva fininha, bem bonitinha, para cultivar sua ternura. Uma menina pequeninha, de cabelos longos e olhos doces, uma menina com sorriso pequeno e dedos miúdos... Era uma menina como todas as outras, que sonhava com seu príncipe, um lindo rapaz de olhos oblíquos e amendoados, com sorriso pequeno feito o seu, com as mãos pequenas feito as suas e um coração tão bom feito o seu."

E no meio dessas histórias, ponho-me a dormir e sonhar com tantas outras.

Um dia conseguirei criar um clube dos livros lembrados, em que todos leiam as histórias mais bonitas e possam compartilhar com os outros esses encontros tão especiais. Enquanto isso não acontece, feliz, reencontro meus amigos do Clube dos Livros Esquecidos todas as quintas, que acendem faíscas na minha imaginação para encher minhas noites com coloridas histórias.

QUINTA-FEIRA, 22H30, TODOS OS ADULTOS DORMINDO. OS MEMBROS DO CLUBE DOS LIVROS ESQUECIDOS SAÍRAM UM A UM DOS SEUS ESCONDERIJOS SECRETOS PARA O INÍCIO DE

QUINTA-FEIRA, 22H30, TODOS OS adultos dormindo. Os membros do Clube dos Livros Esquecidos saíram um a um dos seus esconderijos secretos para o início de mais uma solenidade: Joaquim, Cacau, Fê, Mau, Mel e Pel sabiam que naquele dia tudo seria diferente. Era o momento da minha iniciação no clube e, para que eu pudesse integrar definitivamente aquele seleto grupo, e como pedido de desculpas do susto no encontro anterior, criei uma história especial para aqueles leitores que amam as palavras. Eles vestiram suas becas e puseram-se a me escutar com toda a atenção e o cuidado que sempre tiveram uns com os outros.

Estava muito nervosa, mas, sem muitas explicações, mostrei, respeitando o ritual, a capa improvisada de minha primeira história.

SEM PALAVRAS

E com o olhar brilhante daqueles membros que iluminavam as páginas seguintes, iniciei a leitura.

Não tão distante dos nossos dias, um grande mistério assombrou a vida de uma família às margens do córrego das duas letras.
Era uma manhã aparentemente como as outras.
Tina acordou, como sempre, atrasada. Pulou da cama e, sem perda de tempo, correu para o banheiro para embaralhar um pouco mais seus cabelos. Depois contou um a um os livros que estavam expostos na sua estante. Como se fossem a grande riqueza do seu pequeno quarto. Bonecas, pelúcias e casinhas em miniatura também, mas sua paixão por essas brincadeiras eram menores que seu amor pelas palavras.

Correu para o banho, vestiu uma roupa leve e colorida para enfrentar o sol do dia e jogou o pequeno corpo na cama. As palavras rodavam acima dos seus olhos, enxergava várias, cada uma que descobrira nos dias anteriores.

Escafandros
Dialéticas
Condolência
Enunciado
Solstícios
Trombose

Divertia-se com a sonoridade delas e com o desenho que sua boca fazia ao pronunciá-las. Era engraçada a brincadeira de conhecê-las tentando encontrar sentido para elas. Mas o que gostava mesmo era da maneira como impressionava os seus amigos com a capacidade de construir frases inteiras, como se falasse em outra língua.

"Com quantas palavras podemos explicar a saudade?"

"Com quantas letras explicamos o que é o amor?"

Toda manhã esperava o cheiro do café chegar até seu quarto e sua mãe chamá-la num só grito: TIIIINAAA!!!!

Às vezes, com um beijo no rosto; às vezes, com uma batida na porta.

Mas naquele dia, algo aconteceu, e sua mãe não a chamou. Sentiu que o tempo passava e deveria estar no segundo ou terceiro gole de café. Nada de mãe, nada de pai, e muito menos cheiro de bolo de fubá sobre a mesa.

Saltou da cama e, como uma detetive, metade menina e metade moleca, desceu as escadas em silêncio, na ponta dos dedos, pensando em assustar como se fosse gente de outro mundo; quem sabe um salto e um grito, quem sabe só um salto ou só um grito. Quem sabe?

Seguiu vagarosamente e percebeu que tudo estava como havia deixado na noite anterior; bicicleta de cestinha jogada no corredor, boneca debruçada na passadeira, quadro torto na parede e seu urso José olhando das escadas para o infinito.

Não havia barulho de televisão, nem o pai dizendo que estava atrasado para o trabalho nem a mãe reclamando da bagunça das toalhas molhadas no banheiro.

Aproximou-se até que conseguiu visualizá-los sentados um em frente ao outro, um café da manhã aparentemente harmônico. Olhavam-se eventualmente e trocavam um leve sorriso, como se tudo estivesse tranquilo, a ponto de nada ser tão importante para quebrar aquela troca de delicadezas.

Num primeiro momento, Tina achou isso bem bacana, afinal, estava cansada de algumas brigas dos seus pais. Numa delas seu pai quase foi embora de casa, e sua mãe, por algumas horas, ficou muito triste.

Achou tudo aquilo muito esquisito, o silêncio daquele dia era muito entediante e resolveu voltar e esperar um pouco mais no seu quarto, sabendo que bastava que seu pai derramasse um pouco de café na toalha limpa do dia e, pronto, sua mãe abriria a ladainha de sempre.

Suspirou em silêncio e correu para o quarto.

Escolheu um dos seus livros prediletos de poesia e o abriu em uma de suas páginas. Misteriosamente, uma delas saltou aos seus olhos como se fosse um enigma a ser decifrado.

SEM PALAVRAS

'E se eu esquecesse que um dia falei palavras,
E se eu esquecesse que um dia pensei palavras,
E se eu esquecesse que um dia ouvi palavras,
E se eu esquecesse que um dia olhei palavras,
E se eu esquecesse que um dia escrevi palavras,
E se eu esquecesse que um dia comi palavras,
E se eu esquecesse que um dia, não mais que um dia,
Eu esquecesse,
Esqueci'.

E como num passe de mágica, todas as palavras daquele livro foram escorregando por suas páginas, deixando a menina sem a menor chance de vencer o desafio de segurá-las antes de caírem no chão e quebrarem como copos de cristal.

Tentou gritar pela mãe e percebeu que o som das palavras não saía. Beliscou o braço várias vezes, mordeu o dedão direito, puxou o cabelo e nada. Aquilo que aconteceu era a mais pura realidade, misteriosamente as palavras já não existiam mais.

Correu sem controle da velocidade pelo longo corredor que ligava seu quarto às escadas, tropeçando nos tapetes, na boneca e no urso José e, como se nada mais pudesse acontecer, tropeçou num velho baú, relíquia herdada da sua família. O choque de seu corpo naquele objeto de madeira foi tão intenso que o fez rolar escada abaixo, rompendo uma pequena tranca e, como se fossem confetes jogados no baile de Carnaval, as fotografias há anos guardadas dançaram sobre a cabeça de seus pais.

Tina ficou chocada com o desastre que tinha provocado e achava que eles nunca a perdoariam, sentiu-se culpada, mas não tinha como argumentar, já não havia palavras.

Nem isso rompeu o silêncio daquele dia. Nada aconteceu. Não compreendeu num primeiro momento por que estava passando por aquilo. Olhava para a mãe e era só silêncio. Tentava compreender a ausência de sons do pai e nada acontecia.

Eles pegaram algumas fotografias com o cuidado que as memórias preciosas daquela família mereciam e olharam para elas como lembranças que deveriam ser contempladas e compartilhadas pelo amor que tinham um pelo outro.

Aos poucos, rompendo aquele misterioso silêncio, as palavras foram retomadas nos livros e na boca de todas as gentes e nada precisou de explicações. Tina entendeu a importância do mistério e deixou que tudo se resolvesse no tempo certo.

Tantas coisas poderiam ter acontecido e tantas coisas aconteceram depois daquele dia, naquela casa, naquela rua, naquelas margens do córrego das duas letras.

Tantas palavras para um silêncio final.

Encantados com a história daquela menina, os membros daquele clube esquecido compreenderam o quanto Flora havia crescido e, orgulhosos da missão cumprida, foram sumindo, sumindo, até desaparecerem completamente.

Desde aquele dia, a menina conheceu outros livros e aproveitou o colorido de tantas palavras que não conhecia. Como que encantada pelas luzes que piscam na noite fechada, ela assistiu a uma infinidade de estrelas cortarem o céu em chegadas e despedidas, iluminando as histórias reveladas pelo tempo diante de seus olhos amendoados e oblíquos.

FÁBIO MONTEIRO

Sou natural de Recife, PE, especializado em História, Sociedade e Cultura. Cresci identificando e respeitando as diferenças que reconhecia nos outros.

Ao escrever *O Clube dos Livros Esquecidos* pensei em todas essas diferenças. Neste livro, Flora, uma menina de rosto arredondado, olhos oblíquos e mãos pequenas, possui características que dão pistas sobre quem ela é nas suas diferenças, mas que não impedem seu encantamento pelas cores e formas das boas histórias.

ELMA

Também nasci em Recife, PE. Estudei Serviço Social e Relações Públicas, mas foi por meio da Literatura que consegui descobrir o que me faz bem.

Quando eu era pequena, minha mãe costumava me levar para o trabalho, onde dava aula para crianças especiais. Sempre achei interessante a forma como eu era acolhida pelos alunos.

Ao ilustrar *O Clube dos Livros Esquecidos* percebi ainda uma forte lembrança daquele mundo e que o universo infantil é mágico e não tem mistérios.

Este livro foi composto com a família tipográfica
Chaparral Pro, para a Editora do Brasil, em maio de 2015.